ROBA / JIDEHEM / TILLIEUX

Die Rasselbande
DIE PERLE DES ORIENTS

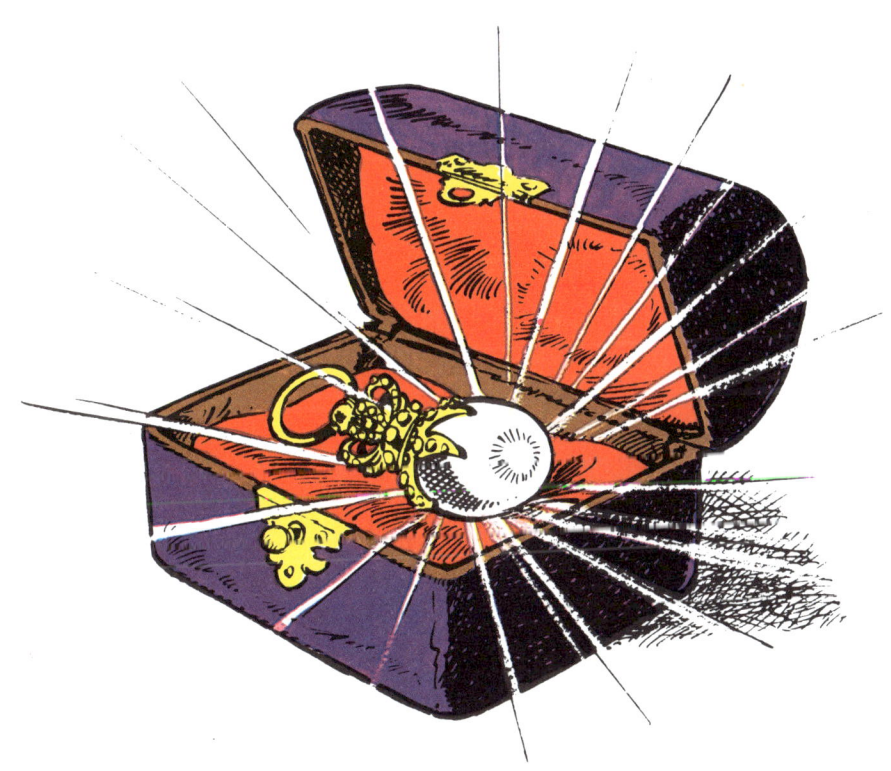

comicplus+

1. Auflage 1989
© comicplus+
  Verlag Sackmann und Hörndl · Hamburg 1989
Aus dem Französischen von Eckart Sackmann
LA RIBAMBELLE CONTRE-ATTAQUE
Copyright © 1984 by Roba
Licensed by BBMP
Schrift: Karin Quilitzsch
Druck: Casterman, Tournai
Alle Rechte vorbehalten
ISBN 3-924623-54-6

* SIEHE BD. 3: „EIN FINSTERER GESELLE"

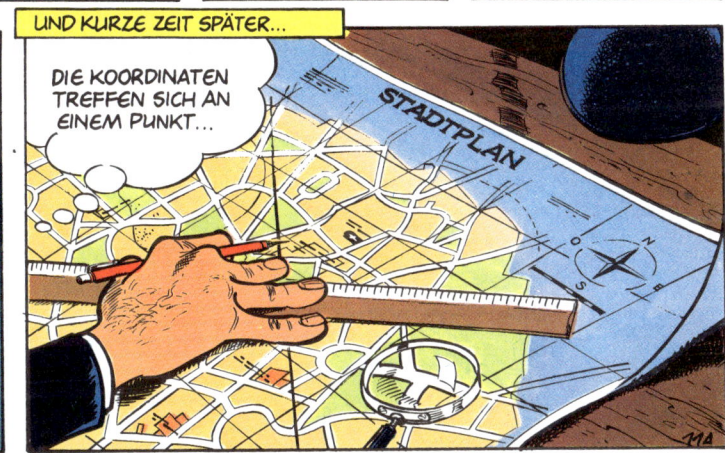

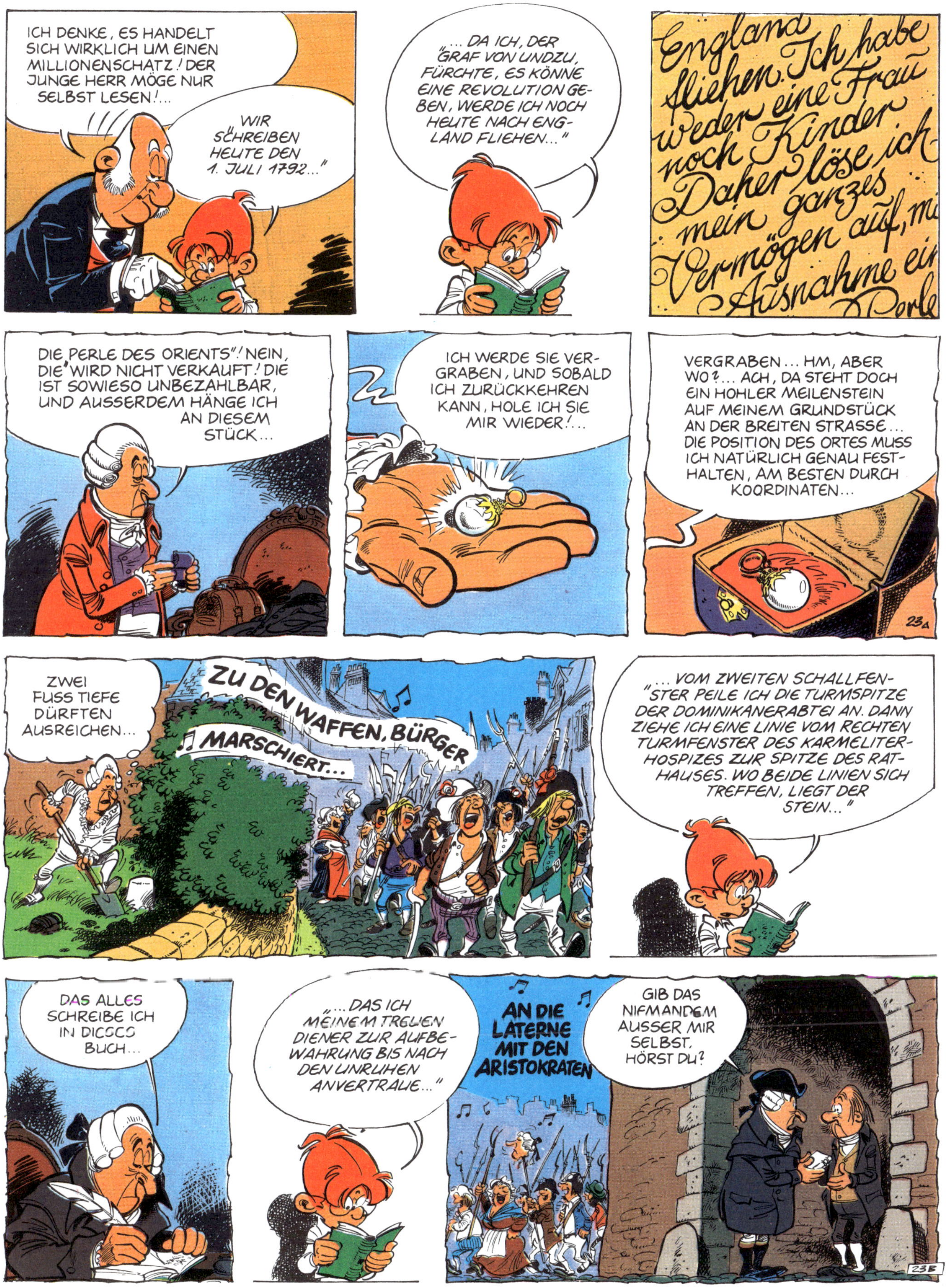

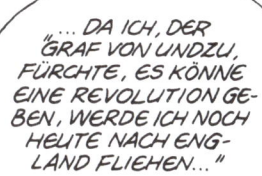

* SIEHE BD. 3: „EIN FINSTERER GESELLE"

REINGEFALLEN! von Roba

* ES IST WOHL BESSER, WENN DIESER HERR SEINE GEFÜHLE FÜR SICH BEHÄLT.

WAS HAT DER MANN DENN GETAN?
VIELLEICHT EINE ROTE AMPEL ÜBERSEHEN?
HEPP! REIN MIT DIR!
WIR MÖCHTEN DOCH NUR WISSEN...
IST DOCH EGAL, MANN! HAUPTSACHE, SIE HABEN IHN!... WIR RESPEKTIEREN DAS GESETZ, NICHT WAHR, LEUTE?
SCHLUSS JETZT! DAS IST KEIN RÄUBER-UND-GENDARM-SPIEL! DIE SACHE IST ERNST!...
ERNST? NA WARTE!...
AUA! MEIN KNÖCHEL!
CONNY! WAS HAST DU DENN?!
WARTE, WIR HELFEN DIR HOCH!...
NEIN! LASST MICH LIEGEN!
AUA! ICH HABE MIR DEN FUSS VERSTAUCHT!
WAS IST DENN PASSIERT?
ICH HABE MIR DEN FUSS VERSTAUCHT!... SIE SIND DOCH STARK, HERR POLIZIST... BITTE HELFEN SIE MIR NACH HAUSE! ICH WOHNE GANZ IN DER NÄHE!...
?
ABER NATÜRLICH!
HÖR MAL, CONNY, WAS SOLL DENN DAS? WIR KÖNNEN DICH DOCH AUA!
HABEN SIE VIELLEICHT MUSKELN! BRAUCHT MAN DIE, WENN MAN EINEN VERBRECHER FANGEN WILL, HERR POLIZIST?
WAS HAT DIE DENN?
TSTSTS!
BEI UNS SAGT MAN: DIE SEELE EINEL FLAU IST TIEFEL ALS DEL MALIANENGLABEN*!
* MEERESGRABEN, CA. 11000 METER TIEF

FÜNF MINUTEN SPÄTER...
DA IST SIE WIEDER!
WISST IHR, WAS DER KERL VERBROCHEN HATTE?
ER SOLL EIN AUTO GEKNACKT HABEN!
EIN AUTO?!
JA. PECH FÜR IHN, DASS ER AUF FRISCHER TAT ERTAPPT WURDE. LEIDER IST DIE BEUTE VERSCHWUNDEN! DER MANN MUSS SIE WEGGEWORFEN HABEN, WÄHREND DIE POLIZEI IHN VERFOLGTE...
WAS?! ICH GLAUBE, ICH WEISS...
GOOD HEAVENS! OF COURSE! DAS DING, DAS PLUFF GEMACHT HAT!
WAS?! ABER DANN LIEGT ES JA NOCH...
RICHTIG! IM WASSER!
HABT IHR DAS GEHÖRT, LEUTE?
MIST! DIE KAIMANE!
DIE MÜSSEN UNS BELAUSCHT HABEN!... UND NUN?
SCHNELLER, WILLI!
!
WIR SCHLIESSEN!
ABER... ABER... DA DRINNEN LIEGT WAS... ÄH... WAS UNS GEHÖRT, UND...
KEIN ABER! DER PARK WIRD GESCHLOSSEN!
TICK TACK TICK TACK TICK TACK
NA JA, WENIGSTENS DARF DIE RASSELBANDE AUCH NICHT REIN... HEUTE NACHT KOMMEN WIR WIEDER, LEUTE!

WIRKLICH...
WIR KLETTERN ÜBER DEN ZAUN!
ALFONS, MACH FÜR DEINEN BOSS DIE RÄUBERLEITER!
GESCHAFFT! UND JETZT ZUM WASSERBECKEN!
IST DAS DUNKEL! HAST DU KEINE TASCHENLAMPE MIT?
DAMIT UNS JEDER SIEHT?! BLÖDMANN!
7A
VORSICHT... WIR MÜSSEN GLEICH BEIM BECKEN SEIN...
PLUFF
BLUBB... BLUBB... ICH GLAUBE, WIR SIND SCHON DA, WILLI!
NA PRIMA!... BLEIB GLEICH DRINNEN UND SUCH!
BÖRKS! SO'N DRECK!...
SUCH MAL WEITER DA RECHTS!
ICH GLAUBE, EINS HABE ICH BEREITS!...
DU HAST WAS? WAS DENN?
EINE ERKÄLTUNG!
WAS MACHT IHR DA?!?
?!
7B

ÄH... WIR HABEN UNS VERIRRT, HERR PARKWÄCHTER!... UND IN DER DUNKELHEIT, ÄH...
IHR HABT HIER NICHTS ZU SUCHEN! AB NACH HAUSE!
HE! WARTET AUF MICH!
HAHAHA! DIE HABEN WIR REINGELEGT!
JA, ABER NOCH HABEN WIR NICHT, WAS WIR SUCHEN!...
WENN WIL VIELLEICHT EINEN BESCHEIDENEN BEITLAG ZUL AUFKLÄLUNG GEBEN DÜLFEN...
...WÜLDEN WIL VOLSCHLAGEN, AUF DIESEL SEITE ZU BEGINNEN!...
YES! ES WAR AUF DIESER SEITE DES BECKENS, WO DER MANN SEINE BEUTE INS WASSER GEWORFEN HAT!... MY DEAR DIXIE...
MY DEAR DIXIE! HM, ICH GEH JA SCHON!...
SEHT MAL, WAS HIER IST!
EINE BLECHKASSETTE!...
DAS DING IST ABSOLUT WASSERDICHT...
WIR BRINGEN SIE ZUR POLIZEI!
UND WIE KOMMEN WIR DAMIT ÜBER DAS GITTER?
DU STEIGST AUF MEINE SCHULTERN UND WIRFST SIE AUF DIE ANDERE SEITE ZU ARCHIBALD RÜBER!
VERY GOOD!
FERTIG, ARCHIBALD? FANG AUF!
KLONG
AUUW!!
IST WAS, ARCHIBALD?...
ARCHIBALD?!? WAS HAST DU??
Roba

MANN! IST DAS ABER EINE BEULE! ICH HAB PFLASTER DABEI... DAS... WAREN DAS DIE KAIMANE?	JA! DIE KAIMANE! SIE HABEN IHN NIEDERGESCHLAGEN, UM DIE KASSETTE ZU KRIEGEN! HALT STILL! AU!... NO, SO WAR'S NICHT...	ICH WOLLTE GERADE DIE BOX AUFFANGEN, ALS ICH JEMANDEN HÖRTE. UND ALS ICH MICH UMDREHTE, STANDEN DIE DREI KAIMANE RIGHT HINTER MIR!...
UND DANN? WAS DANN? DANN? BING! ICH KRIEGTE DIE BOX AUF DEN KOPF UND GING K.O.! UND DIE KAIMANE SCHNAPPTEN SICH DIE KASSETTE!	KLAR! HAHAHA! WER ZULETZT LACHT, LACHT AM BESTEN!	
DIE NEHMEN WIR IHNEN WIEDER AB UND BRINGEN SIE DER POLIZEI! DAS WILD SICHEL SCHWIELIG! DIE EHLENWELTEN KAIMANE HABEN LÄNGST IHL HAUPTQUALTIEL ELLEICHT... SEHL SCHWIELIG!...	AUF IN DIE HÖHLE DES LÖWEN!...	
DA IM HOF, DA IST ES... ES BRENNT LICHT... WER IST MANNS GENUG, MIT MIR ZU KOMMEN?	ICH! ICH WILL AUCH MAL MEINEN SPASS HABEN! UND MICH FÜR DIE BEULE AN ARCHIBALDS KOPF BEDANKEN!	WISST IHR, WAS HIER DRINNEN IST, LEUTE? GELDSCHEINE! ODER SOGAR AKTIEN! ODER GOLD!...

ICH WEISS WAS! WIR MACHEN EIN QUIZ! WER DEN INHALT RÄT, GEWINNT!
DAS IST EINE TOLLE IDEE!
JA... ODER ETWA NICHT?
WER RÄT, GEWINNT?! WIR GEWINNEN ALLE, DU IDIOT!
WIR GEW... ACH, STIMMT JA!... DARAN HABE ICH NICHT GEDACHT!
HELFT MIR LIEBER, DIE BÜCHSE ZU KNAKKEN! NA, LOS DOCH!
GLING DLING
DIE ALARMGLOCKE!
EIN SPION!... SCHNELL, RUDI, DAS SEIL!!
GLING DIGLING
10 A
WAS IST DAS? ICH BIN ÜBER EIN SEIL GESTOLPERT!...
OJE! DAS IST SICHER EINE ALARMANLAGE!
ACH WAS! ALLES IST RUHIG!...
LOS! WIR GUCKEN DURCHS FENSTER!
HE?!! WAS IST DAS??
?!!
IST DAS ABER EINE ÜBERRASCHUNG, HEHEHE!... HE, LEUTE, WIR HABEN BESUCH!
IGITTIGITT! FLIEGENFÄNGER!
ANGESCHMIERT!
10 B

SCHNAPPT SIE EUCH, LEUTE! UND DANN REIN MIT IHNEN!...
MACHT MICH BLOSS LOS, DANN ZEIGE ICH EUCH, WAS ICH VON EUREN SPÄSSEN HALTE! BANDITEN! BRUTALINSKIS! BLÖDMÄNNER!
HAHAHA!... SIND SIE NICHT SCHNUCKELIG?... RUDI, WO IST DIE GRÜNE FARBE?
?
?
DIE GRÜNE FARBE??... HAHA! JA, KLASSE!
DAS WIRD LUSTIG!...
DIESE FARBE KRIEGT IHR NIE IM LEBEN WIEDER AB! WENN WIR EUCH DAMIT LACKIEREN, SEHT IHR AUS WIE DIE BLATTLÄUSE, HEHEHE!...
WIE DIE BLATTLÄUSE!
IRRE, UNSER WILLI!
UNTERDESSEN...
PHIL UND CONNY SIND WEG!!
WHAT?
UNSELE HELZEN ZITTELN WIE DIE LOSE VOL DEM ELSTEN STULM DES WINTELS!... SOLLTE UNSELEN FLEUNDEN ETWAS PASSIELT SEIN??
WIR MÜSSEN SOFORT WAS TUN!
ERST DAS NÄSCHEN, HAHAHA! DAMIT MAN DIE POPEL NICHT MEHR SIEHT, HAHAHA!...
AUFHÖREN, WILLI! WIR LACHEN UNS NOCH TOT!
HMMH! MHMM MMMH!... MMMH!*
HOHOHO!
* GANGSTER! GALGENVÖGEL! GROBIANE!
LOOK! MEINE AUSGEPRÄGTE INTELLIGENZ SAGT MIR, DASS DAS DER SCHLÜSSEL ZU DEN HEADQUARTERS DER KAIMANE IST!
READY?... ONE... TWO...

...THREE!

BANZAI!!

BROM! RRA

WAS DENN?! UNSERE SCHÖNE TÜR!!

ZITTERT, IHR KAIMANE! WIR KOMMEN!

RUDI! DAS LICHT AUS! SCHNELL!!

MIST!...PHIL! CONNY?...WO SEID IHR?

HMMH!

WAIT... ICH HABE EIN FEUERZEUG!

WELL, ICH GLAUBE, DA KOMMEN WIR JUST IN TIME!...

DIE KERLE SIND IM DUNKELN ABGEHAUEN!

JA... UND LEIDER MIT DER KASSETTE!

DAS MACHEN DIE NICHT NOCH MAL MIT MIR!

DIE KASSETTE! ALLE UNSELE ANSTLENGUNGEN WALEN VELGEBLICH...

NANU? JAMES?!

ICH SUCHTE SIE SCHON ÜBERALL, JUNGER HERR! ICH HABE EINE WICHTIGE NEUIGKEIT FÜR SIE!...

ICH HABE IM RADIO DIE NACHRICHTEN GEHÖRT, UND DANN BIN ICH SOFORT LOSGELAUFEN, UM SIE ZU WARNEN!...
INZWISCHEN GANZ IN DER NÄHE...
KSSSS!
MIAAUU
WIR SIND IHNEN ENTWISCHT!
JA... UND DIE KASSETTE HABEN WIR AUCH NOCH!
IST ES NICHT ZU GEFÄHRLICH, IN UNSER HAUPTQUARTIER ZURÜCKZUKEHREN?...
WIR VERRAMMELN DIE TÜR!
13A
EIN KLEINES LOCH LASST OFFEN! DAMIT WIR SIE SEHEN, WENN SIE WIEDERKOMMEN!...
...GOOD GRACIOUS, JAMES! DAS IST JA SCHRECKLICH!
WIR SOLLTEN NOCH EINMAL BEI DEN KAIMANEN NACHSEHEN, OB DIE KASSETTE NICHT DOCH DA IST!
LICHTIG! DEL WEISE SUCHT MEHL ALS EINMAL!
HE!? DA BRENNT JA LICHT!...
HABEN WIR DAS NICHT AUSGEMACHT?
SPLOTCH!
DIE KAIMANE!
WIR MÜSSEN SIE WARNEN!
WARTET...
13B

MIT DIESEM BLECH KÖNNEN WIR LEICHTER VERHANDELN...
SO... DAS IST EIN SPRACHROHR, EIN MEGAPHON!
ACHTUNG, ACHTUNG! EINE WICHTIGE MITTEILUNG!...
HÖRST DU DAS, WILLI? WAS MACHEN WIR?
NICHTS... ERST MAL WEITER HÖREN...
IHR DÜRFT UNTER KEINEN UMSTÄNDEN DIE KASSETTE ÖFFNEN! YOU UNDERSTAND? UNTER GAR KEINEN UMSTÄNDEN! ...
WAS SOLL DAS DENN HEISSEN? WARUM SOLLEN WIR DIE KASSETTE NICHT ÖFFNEN?
HAHA! VERSTEHE! DAS IST NUR EINE LIST! DIE WOLLEN UNS ANGST MACHEN!
SIE VERGESSEN NUR EINES! WIR SIND NICHT SO DUMM, WIE WIR AUSSEHEN!... BLEIBT DA, LEUTE!...
WIR SOLLEN DIE KASSETTE NICHT AUFMACHEN... ALSO MACHEN WIR SIE AUF!
KLANG KLANG KLANG
OH?!
WAS SOLL DAS DENN SEIN?!?
ZEIG MAL, WILLI!

DAS VERSTEHE ICH NICHT...
?
DAFÜR ALL DIE ANSTRENGUNG!...
!!
BLANG!
ELENDE SCHWEINEREI!
CRACK
DZZING
CRACK
WARUM MACHST DU DENN ALLES KAPUTT, WILLI? VIELLEICHT KÖNNEN WIR DAS ZEUG NOCH VERK... HATSCHI!
RUDI HAT RECHT, WILLI! WIR KÖNNTEN DOCH VERS... HATSCHI!
SNIF SNIF
SAGT DEM TYPEN DA DRAUSSEN MIT SEINER FLÜSTERTÜTE, ER K... HAATSCHI!
... DIE KASSETTE ENTHÄLT EINEN GEFÄHRLICHEN SCHNUPFENBAZILLUS! ICH WIEDERHOLE... UNTER GAR KEINEN UMSTÄNDEN ÖFFNEN!...
HATSCHI! HAATSCHI!
15A
WAS LUFEN UNSELE EHLENWELTEN FEINDE DA?
HAATSCHUM! HATSCHI!
GAR NICHTS... SIE NIESEN!... SCHNELL, ZUR POLIZEI!...
IN NULL KOMMA NICHTS GERÄT DER BEHÖRDENAPPARAT IN BEWEGUNG.
RRRR
RRRR
HERR STADTRAT? HIER KOMMISSAR SCHULZE... ES SIEHT AUS, ALS HÄTTEN EIN PAAR KINDER DIE VERSCHWUNDENE KASSETTE GEFUNDEN!...
KINDER?... IN EINEM HINTERHOF IN DER STRZYZGASSE?... ICH WERDE SOFORT DEN GESUNDHEITSMINISTER ALAMIEREN...
MMBF... JA... ICH WERDE FOFORT DAF BAKTERIOLOGIFE INFTITUT BENACHRICHTIGEN... DIE KAFFETTE WURDE GEÖFFNET? MMBF... FLIMM, JA...
SNIF
ANTI
GRIP GRIP
KOMMISSAR SCHULZE? HIER DAS BAKTERIOLOGISCHE INSTITUT... ICH MÖCHTE IHNEN MITTEILEN, DASS DER STAPHYLOKOKKUS STERNUTATORIUS VESICANS GEFUNDEN WURDE!... WAS??... NA, DIE KASSETTE!... IN EINEM HINTERHOF IN DER STRZYZGASSE...
Wer sucht, findet
SCHULTZE!... NIMM DIR EIN PAAR LEUTE UND RIEGELE SOFORT DIE STRZYZGASSE AB! UND RUF DAS KRANKENHAUS UND DIE FEUERWEHR AN!... FÜR ALLE FÄLLE!...
15B

UND GEGEN MORGEN...
HE, ICH TRÄUM WOHL!? DIE MARSMENSCHEN SIND GELANDET!...
PSCHHH
HAATSCHI!
HATSCHUM!
HATSCHI!!
SPÄTER...
ALL'S WELL THAT ENDS WELL! JETZT GEHT UNSERE REGATTA WEITER!
GENAU! UND DIESMAL WERDEN UNS KEINE KAIMANE STÖREN!
IRGENDWIE TUN SIE MIR JA AUCH LEID!...
WEL DEN TIGEL WECKT, MUSS LANGE BEINE HABEN!
SO, MEINE HERREN... ES WIRD ZEIT FÜR DIE SPRITZE!...
DENEN WERD ICH'S HATSCHI! HATSCHI! ZEIGEN!...
HATSCHUM!
HATSCHI!
ANSTECKEND!
VORSICH
GEFAHRLIC
ACHTUNG!
NICHT NÄHERN!
WEGBLEIBEN!
ENDE